Monsieur Sauvage

Eléonore Leïla Brousse

Monsieur Sauvage

Roman

LE LYS BLEU
ÉDITIONS

ISBN : 979-10-377-5188-1

Les orphelins

Mélodie, Harmonie et Amadeus avaient perdu leurs parents dans un accident de cuisine assez incongru, un matin de juin. En effet, alors qu'ils cuisinaient le petit-déjeuner pour leurs petites têtes blondes, comme ils le faisaient tous les matins, le four contenant les délicieux petits pains dont eux seuls avaient le secret avait explosé, sans aucune raison. Le bruit tonitruant et sinistre avait bien sûr réveillé les deux sœurs et leur petit frère qui n'avaient eu d'autre choix que de se précipiter dehors pour ne pas finir calcinés.

C'est ainsi que les deux jumelles de neuf ans et leur frère de quatre ans s'étaient retrouvés seuls et orphelins.

Nul n'est besoin de préciser qu'à ce stade-là de l'histoire, les petits, traumatisés, s'étaient laissé guider par les adultes qui les avaient fait passer de foyer en foyer sans que cela n'aboutisse vraiment à quoi que ce soit. Il y avait bien eu une recherche pour une éventuelle famille lointaine, mais il semblait qu'en dehors de leurs parents, aucune autre famille n'existait.

Personne ne voulait adopter trois enfants à la fois, mais le lien qui unissait ces trois-là semblait résister à tout, même au monde des adultes.

Chaque fois qu'un enfant était adopté par une famille, il y restait quelques mois, parfois même cela se passait plutôt bien, mais il finissait toujours par revenir à l'orphelinat auprès de sa fratrie.

Trop malheureux dans le cas d'Amadeus qui finissait par se laisser aller à la morosité. On aurait dit que sa tristesse était un puits sans fond, à tel point que les familles d'accueil finissaient par le ramener.

Dans le cas des jumelles, c'était plutôt la guerre des nerfs. Elles poussaient toutes les familles d'accueil à bout, même les plus tolérantes et patientes.

Au bout d'un certain temps, l'administration de l'orphelinat n'essaya même plus de les placer, consciente que l'on ne pourrait jamais les séparer et qu'il serait bien trop dur de leur trouver une famille pour tous les trois.

Quelques années passèrent. Ce qui, cela va sans dire, sembla être une éternité pour les enfants. Mélodie et Harmonie avaient aujourd'hui douze ans, ce qui selon les éducateurs et les assistantes sociales commençait à être trop vieux pour encore s'imaginer accueillies dans une nouvelle famille. Amadeus, quant à lui, avait sept ans et encore la possibilité d'être adopté, toujours selon les adultes qui l'entouraient et qui déploraient son acharnement à vouloir rester avec ses sœurs.

Par une fin d'après-midi caniculaire, alors que le soleil se couchait, laissant derrière lui les vapeurs vibrantes de chaleur qui émanaient du goudron, un homme, entre 50 et 60 ans à la peau tannée par les années, se présenta à l'orphelinat de Sainte Eugénie où se trouvaient nos trois petits héros.

Il disait se sentir vieillir et souhaitait porter secours à des orphelins en besoin de famille dans l'optique de les élever comme sa propre chair et d'en faire ses dignes héritiers. Tous les enfants étaient venus dans la cour pour observer ce monsieur à l'air sévère mais aux yeux étincelants et vifs. Lequel de ces enfants n'aurait pas rêvé repartir avec ce grand monsieur, loin de ce lieu sordide ?

Et bien pas tous car dans le fond de la cour étaient assis Mélodie et Harmonie, Amadeus serré contre elles. Le regard du monsieur se tourna vers l'arbre sous lequel ils étaient assis. Il soutint le regard vibrant et provocateur de Mélodie, sourit et se tourna de nouveau vers la directrice de l'orphelinat.

Il était l'heure d'aller se coucher pour les enfants et dans le dortoir régnait une excitation inhérente aux soirées d'été où la fatigue et l'engourdissement liés à la chaleur faisaient ressortir la violence et la mauvaise humeur des enfants déjà tendus d'ordinaire. Les éducateurs essayaient de calmer les enfants et de les faire taire, en criant et menaçant comme à leur habitude. Le silence se fit quand la directrice entra dans le dortoir. Elle ne venait pratiquement jamais voir les enfants, encore moins dans le dortoir, et sa présence suffisait à glacer le sang des enfants, même par une soirée aussi chaude. Elle s'avança entre les rangées de lits et s'arrêta vers les trois du fond, ceux des trois orphelins depuis longtemps mis à l'écart. Elle leur dit : « demain, vous préparerez vos affaires, monsieur Sauvage viendra vous chercher en fin de matinée » puis s'en retourna, sans un regard pour les autres enfants.

Le lendemain matin, les deux sœurs et leur petit frère emballèrent le peu d'affaires qu'ils avaient, c'est-à-dire deux tenues et un pyjama chacun et un ours en peluche pour Amadeus, et attendirent assis sur leur lit qu'on vienne les chercher. Les enfants qui allaient être placés n'avaient pas le droit de dire au revoir aux autres enfants. Ils devaient attendre seuls, et sans un bruit s'ils étaient plusieurs, dans le dortoir, jusqu'à l'arrivée de leur nouvelle famille.

Un peu avant midi, la directrice en personne vint chercher la fratrie. Elle leur ordonna de ne pas « tout foutre en l'air » encore une fois, de bien se comporter et d'obéir aux exigences de leur nouveau père d'accueil.

« Voilà qui n'augure rien de bon », chuchota Mélodie.

« C'est certain », chuchota Harmonie en serrant plus fort la main de son petit frère.

Il était là, habillé d'un costume gris élégant, il sourit en les voyant entrer.

« Pourquoi nous ? » demanda aussitôt Mélodie.

La directrice la fusilla du regard. Si elle avait pu les frapper sur le champ avec la canne, comme elle avait l'habitude de le faire, elle n'aurait pas hésité une seule seconde.

« Vous ne m'avez pas l'air d'être des enfants ordinaires », répondit monsieur Sauvage.

Cela fit rire Amadeus, ce qui détendit les deux sœurs.

« Monsieur Sauvage, je vous les confie. Je vous aurai prévenu, ce sont des enfants irrécupérables. Bonne chance ! Quant à vous, j'espère bien ne plus jamais vous revoir ».

« Merci madame la directrice. Allons-y maintenant si vous le voulez bien ».

Les enfants suivirent monsieur Sauvage, traversèrent la cour, passèrent le portail et virent la voiture étincelante qui les attendait.

« Elle vous plaît ? Montez », dit-il avec un sourire en coin.

Le trajet se fit dans le silence. Mais pas un silence pesant, un silence paisible.

Le manoir

Ils arrivèrent en début de soirée, le soleil était déjà bien bas, dans une immense propriété au portail en fer forgé imposant. Elle semblait être entourée de grands murs en pierre, même si on ne pouvait pas dire s'ils faisaient vraiment le tour du domaine, tant celui-ci était grand.

Après avoir suivi un chemin à travers des sous-bois pendant dix bonnes minutes, en voiture, ils aperçurent enfin la maison. Ce n'était d'ailleurs pas une maison mais un gigantesque manoir. Le bâtiment était en pierres grises et le toit semblait être fait de tuiles en ardoises presque noires. Il y avait, semblait-il, deux niveaux, et sur la gauche une petite tour avec un étage en plus.

« Je sais que le bâtiment semble un peu défraîchi et peut-être même sinistre mais vous verrez, l'intérieur est beaucoup plus accueillant. Vous aurez chacun une chambre, sauf si dans un premier temps vous préférez dormir ensemble. Il y a quatre chambres à l'étage, une salle de jeux et deux salles de bain. La chambre au fond du couloir droit qui se trouve dans la tour ainsi que la salle de bain attenante sont à moi. Vous pourrez disposer du reste. En bas à droite se trouve la salle à manger et derrière, les cuisines. À gauche, le petit salon, et la porte à côté, mon bureau. Je vous prierai de rester en dehors de celui-ci ».

« Et qu'est-ce qu'il y a derrière le petit salon à la base de la tour ? » demanda Amadeus avec une lueur d'excitation dans les yeux.

« J'ai bien peur de vous décevoir mon garçon, mais il n'y a rien. L'accès a été clos par le mur du petit salon, il y a bien longtemps et de toute façon, ce ne devait être qu'une pièce vide avec des escaliers, je suppose ».

La voiture s'arrêta devant la grande porte bleue, le chauffeur descendit et leur ouvrit. Devant la porte se trouvait un vieux monsieur en costume, une dame à peine plus jeune dans une robe grise avec un tablier blanc immaculé, à l'air très strict, et un monsieur souriant en salopette verte.

« Les enfants, je vous présente monsieur Komodo notre majordome, il s'occupera de vous avec madame Puma qui est notre cuisinière et qui tient la maison. Monsieur Léo, quant à lui, est notre jardinier et homme à tout faire, je vous demanderai de le laisser accomplir ses tâches sans trop le déranger. Bon, entrons, si vous le voulez bien ».

Les enfants trouvèrent tout de suite l'intérieur chaleureux et agréable. Le bois du parquet, du mobilier, les tentures et les tapis, tout cela donnait une impression de cocon et de quiétude. On sentait la douce odeur d'un repas savoureux et bien chaud qui émanait de la cuisine.

Tout d'abord, il y avait une grande entrée avec les escaliers allant à l'étage en face. Comme l'avait dit monsieur Sauvage sur leur gauche se trouvait une immense salle à manger avec une belle cheminée et on distinguait l'entrée de la cuisine tout à droite sur le mur du fond. À droite se trouvaient le petit salon qui, soit dit en passant, était bien assez grand et plus loin une porte fermée qui devait être celle du bureau de monsieur Sauvage.

Médusés par tant d'espace et de luxe, les enfants restèrent dans l'entrée quelque peu abasourdis.

« Voulez-vous voir vos chambres ? » demanda madame Puma d'une voix nasillarde.

« Oh oui ! » s'exclama Amadeus.

« Je monterai vos bagages une fois le choix de vos chambres fait ».

Monsieur Komodo avait une voix douce et grave qui rassura instantanément les enfants jusqu'ici encore sur leurs gardes.

En haut des escaliers, ils prirent le couloir de droite. Les chambres, bien qu'ayant une décoration un peu vieillotte, étaient spacieuses, lumineuses et propres, ce qui les changeait du dortoir dans lequel ils avaient dormi pendant tant d'années. Les familles d'accueil chez lesquelles ils étaient allés n'offraient guère mieux. Souvent, on les faisait dormir dans la cave ou dans un coin de chambre sordide.

Amadeus voulut tout de suite la première chambre en haut des escaliers, elle était plus petite mais les murs vert pâle, les rideaux bleu marine, tout comme les draps, le tapis et les tissus sur le fauteuil et la chaise du bureau lui plurent immédiatement.

À côté de cette chambre, il y en avait une dans les tons rose pâle avec un lit à baldaquin entouré de jolis voilages blancs. C'était une vraie chambre de princesse.

En face de la chambre d'Amadeus, il y avait une pièce remplie de jouets et à côté de celle-ci, la dernière chambre réservée aux enfants. Cette chambre était la plus impressionnante. Le bois des meubles et du parquet était sombre, les rideaux étaient en velours rouge sang tout comme l'immense tapis au pied du lit.

« Je prendrais celle-là », dit Mélodie qui ne fut pas contredite par Harmonie qui au contraire semblait soulagée.

« Très bien, avec son ton sec, madame Puma était un peu effrayante mais ils avaient connu pire. Monsieur Komodo va monter vos bagages. La porte au fond du couloir est la porte des commodités qui vous sont attribuées. Je vous prierai de ne pas aller dans le couloir gauche ».

« Qu'est-ce qu'il y a à gauche ? demanda Amadeus, le couloir a l'air beaucoup plus petit ».

« À gauche les enfants, il y a les commodités de monsieur Sauvage ainsi que son petit salon de lecture et la porte du fond est celle de ses appartements privés. Ce sont des pièces qui lui sont réservées et qui ne vous concernent absolument pas. Il me semble que l'espace qui vous est réservé ici, ainsi que le reste de la maison où vous avez le droit d'aller sont bien assez suffisants pour que vous puissiez grandir, travailler et devenir de bons adultes. N'est-il pas ? »

« Bien entendu, madame Puma, lui répondit instantanément Mélodie. Nous sommes très reconnaissants de tout ce que vous nous offrez et soyez certaine que nous respecterons vos règles ».

« Parfait. Les yeux de la gouvernante transperçaient Mélodie de part en part. Vos bagages arrivent tout de suite. Installez-vous et rafraîchissez-vous, si vous n'avez pas de vêtements appropriés, nous avons pris la liberté d'en mettre dans vos armoires respectives. Le souper sera servi dans une demi-heure. Ne soyez pas en retard ».

Mélodie alla tout de suite regarder dans les armoires. C'était comme s'ils avaient su à l'avance quelles chambres chacun allait choisir. Monsieur Komodo arriva avec les bagages et déposa sans la moindre hésitation chaque bagage dans la bonne chambre.

« Si vous avez besoin de quoi que ce soit, je suis à votre disposition », leur dit-il avec un très léger sourire.

En vérité, ils ne possédaient pas grand-chose. Ainsi le rangement de leur bagage fut très rapide. Ensuite, Mélodie aida Amadeus à se débarbouiller et à choisir une tenue dans sa nouvelle garde-robe pendant qu'Harmonie s'émerveillait devant ses nouvelles robes faites de fleurs, de dentelles, de rubans et pour la plupart avec beaucoup de rose. Elle finit par en sélectionner une, rose pâle avec des roses un peu plus foncées, le jupon virevoltait quand on tournait sur soi-même. Enfin Mélodie allait ouvrir son placard pour choisir une robe. Elles étaient sobres et élégantes. Il n'y avait que des tons gris, bleus et du blanc. Elle choisit une robe gris clair. Ce qui faisait ressortir le bleu clair et intense de ses yeux. C'était la seule différence qu'il y avait entre les jumelles. La couleur de leurs yeux. Elles étaient en tous points identiques : les mêmes longs cheveux blond foncé presque gris parfois, la même silhouette longiligne et élancée, presque fluette, mais leurs yeux n'avaient jamais été de la même couleur. Mélodie avait les yeux bleu très clair, ce qui lui donnait un regard parfois froid et inquisiteur. Harmonie avait des yeux vert profond. Elle avait un regard doux et rêveur. La seule chose que leurs regards avaient en commun c'était leur côté insondable. Il était difficile de dire ce que l'une ou l'autre pensait. Leur frère quant à lui n'était que tendresse. Avec ses jolies petites boucles châtain clair et ses yeux marron clair pleins de joie, d'espoir et de gentillesse, et ce malgré toutes les épreuves de la vie, il représentait la chaleur et l'amour qui les liait tous.

Le début d'une nouvelle vie

Fin prêts pour le repas ils descendirent, Mélodie en tête, Harmonie et Amadeus se tenant la main serrés l'un contre l'autre.

La table était magnifique. Il y avait une nappe blanche, immaculée, sur laquelle étaient posés une jolie porcelaine et des couverts étincelants et pour finir de grands chandeliers avec de grandes bougies qui faisaient resplendir le cristal des verres.

« Asseyez-vous », leur dit monsieur Sauvage toujours avec un petit sourire en coin.

Monsieur Komodo s'approcha pour aider Amadeus à s'asseoir.

« Vous ne mangez pas avec nous ? » demanda Amadeus.

« Non, monsieur, lui répondit celui-ci d'un air amusé. Le personnel de maison mange en cuisine ».

Madame Puma fit son entrée une soupière entre les mains.

« Monsieur Sauvage, un potage de légumes du jardin en entrée ».

Puis elle commença à faire le service.

Le potage qui se trouvait dans leurs magnifiques assiettes n'avait rien à voir avec tous les potages qu'ils avaient pu manger dans leur vie. Ils le savourèrent jusqu'à la dernière goutte.

Pensant que le repas était fini, Amadeus commença à se lever de table.

« Mon garçon ou vas-tu ? demanda monsieur Sauvage. Il est impoli de se lever en plein milieu du repas. »

Les larmes montèrent aux yeux du petit garçon. « Pardon. C'était très bon, je ne me lèverai plus sans demander la permission ».

Monsieur Komodo s'approcha vite du petit et lui chuchota à l'oreille : « monsieur ne pleurez pas. Vous ne vous faites pas gronder, simplement le repas n'est pas fini, il reste encore un plat et une tarte aux mirabelles en dessert ».

Amadeus regardait monsieur Sauvage qui lui souriait et il lui sourit en retour.

« Tout ça à manger ! » s'exclama-t-il.

Cela fit rire tout le monde et l'atmosphère se détendit.

Après le repas, monsieur Sauvage proposa aux enfants de se rendre dans le petit salon afin de finir la soirée au coin du feu en l'écoutant lire le récit de leur choix. Comme personne n'avait jamais fait ça auparavant pour eux, ils ne savaient pas du tout quelle histoire ils avaient envie d'écouter.

« Certes. En ce cas, je vous propose de choisir entre deux contes, cela vous convient-il ? »

« Oh oui ! » s'exclama Amadeus dont les yeux pétillaient d'excitation.

« Barbe bleue ou Peau d'âne ? » demanda le maître des lieux. « Je dois vous prévenir, le premier peut être un peu effrayant pour les plus jeunes et les plus sensibles ».

En disant cela, il regardait tour à tour Amadeus et Harmonie, avec son petit sourire en coin.

« Ce sera Peau d'âne alors. S'il vous plaît », répondit Mélodie.

Les enfants écoutèrent avec ferveur le conte et regardèrent avec admiration les quelques gravures que contenait le magnifique livre.

Le conte fini, ils restèrent quelques minutes dans le silence, la tête remplie de songes et d'images merveilleuses.

Enfin, monsieur Sauvage brisa le silence.

« Si vous voulez, plus tard, vous pourrez venir dans ma salle de lecture, en me demandant la permission au préalable bien entendu. J'ai énormément de livres dont beaucoup, comme celui-ci ».

« Ce serait merveilleux », répondit Harmonie avec un soupir d'aise.

« Mais je ne sais pas bien lire moi », dit Amadeus d'une petite voix triste.

« Eh bien, nous nous entraînerons ensemble si tu le veux », lui répondit monsieur Sauvage avec un regard bienveillant.

Le petit garçon retrouva aussitôt son sourire.

Soudain, madame Puma fit son entrée dans la pièce.

« Monsieur, il est tard. Les enfants devraient peut-être aller se coucher ».

« En effet, répondit-il. Les enfants, dormez bien. Je vous laisse entre de bonnes mains ».

Il se leva et se dirigea vers son bureau. Les enfants suivirent la petite bonne femme au regard austère dans les escaliers. Une fois dans leurs lits, il ne leur fallut pas longtemps pour s'endormir. En effet, la journée avait été riche en émotion et ils avaient grand besoin de repos.

« C'est le début d'une nouvelle vie. Une belle vie, après tout nous aussi nous y avons droit. Réjouis-toi ! Nous sommes tous les trois dans une grande maison. Nous pouvons manger à notre faim et sentir bon… Allez, lève-toi maintenant ! »

Harmonie était au-dessus de sa sœur déjà tout habillée. Elle se jeta sur le lit à côté d'elle en éclatant de rire.

Mélodie regarda dans les beaux yeux verts et profonds de sa sœur. Elle était sa moitié. Souriante et douce. Toujours prête à faire confiance et à croire en un bonheur possible, quand elle-même n'était que méfiance et pragmatisme. Elle ne se laissait pas envahir par ses émotions comme sa sœur.

« Je préfère encore attendre quelques jours avant de crier victoire », dit Mélodie, la voix encore un peu ensommeillée.

« Si tu veux, lui répondit sa sœur en levant les yeux au ciel, mais en gardant toujours son sourire. Allez viens, j'ai faim ! »

Un merveilleux premier jour

Amadeus attendait sagement ses deux sœurs, assis sur son lit. Son visage s'illumina quand il les vit apparaître.

Ils descendirent tous les trois. Depuis les escaliers, on pouvait sentir de délicieuses odeurs qui émanaient de la cuisine.

Dans la salle à manger, la table était dressée mais il n'y avait personne. Les trois enfants n'osèrent pas entrer et attendirent debout, serrés les uns contre les autres, dans l'encadrement de la porte.

Madame Puma sortit de la cuisine les bras chargés de petits pains et de viennoiseries tout chauds.

« Eh bien, qu'attendez-vous pour vous mettre à table ? demanda-t-elle d'un ton sec avant de se radoucir et d'ajouter, vous êtes ici chez vous maintenant. Vous n'avez pas besoin d'attendre la permission pour vous asseoir à table et le matin vous pouvez commencer à manger quand vous le voulez sans attendre les autres ».

Les enfants ne se firent pas prier.

« Merci madame », dit Amadeus avec un grand sourire.

« C'est bien normal monsieur, lui répondit-elle. Qu'est-ce que les jeunes maîtres désirent boire ? Je peux proposer du jus d'orange, du thé, du lait, du chocolat chaud… »

« Est-il possible d'avoir un chocolat chaud et un verre de jus d'orange chacun ? » demanda Harmonie.

« Tout de suite, madame ».

Une fois le petit-déjeuner englouti, les enfants demandèrent s'ils pouvaient sortir jouer dans le jardin. Bien entendu, ils y furent autorisés, mais à la condition qu'ils ne s'éloignent pas trop du manoir.

Il ne faisait pas très beau dehors. La lumière était blanche, presque aveuglante lorsqu'elle se reflétait sur les pierres grises du manoir ou les gravillons devant l'entrée.

« Il va pleuvoir aujourd'hui », dit une voix derrière eux.

Cela fit sursauter le petit garçon.

« Je ne voulais pas vous effrayer », dit le jardinier à la foi amusé et ennuyé d'avoir surpris les enfants.

« Monsieur Léo, y a-t-il un endroit pour jouer avec des balançoires ou un bac à sable ? » demanda Mélodie.

« Et bien hélas non ; mais vous pouvez sûrement en faire la demande à monsieur Sauvage. Cependant, la propriété est très grande et vous trouverez de quoi vous amuser. Je vous conseille de ne pas trop aller dans les sous-bois, car on a vite fait de s'y perdre quand on ne connaît pas les lieux ».

« Merci beaucoup », répondit la petite fille aux yeux transperçants.

« Mais de rien, mademoiselle ».

Le jardinier s'éloigna, poussant sa brouette devant lui en adressant un grand sourire aux enfants.

Ils passèrent la matinée à découvrir les alentours du manoir sans jamais trop s'éloigner comme ils l'avaient promis.

Devant la maison, il y avait une gigantesque étendue d'herbe très bien entretenue qui se terminait là où commençaient les sous-bois. Il y avait là de quoi jouer au croquet, courir derrière un ballon ou encore jouer à colin-maillard. Peut-être même, faire du cerf-volant si on ne s'approchait pas trop des arbres. Tout cela permit aux enfants d'imaginer de belles après-midi à venir, pleines de rires et bien lointaines de tout ce qu'ils avaient pu connaître jusqu'ici.

À l'arrière de la maison se trouvait une magnifique Roseraie avec en son centre un très beau kiosque tout de fer forgé blanc. En dessous, il y avait une jolie table et des chaises, aussi en fer forgé blanc.

Harmonie se voyait déjà prendre le thé pendant des heures dans cet endroit aux allures de jardin royal.

Il était déjà l'heure de manger le repas du midi quand ils eurent fini de découvrir et de rêvasser à tout ce qu'ils allaient pouvoir faire.

Ils entendirent tinter une clochette à l'entrée du manoir.

« Ce doit être un appel pour que nous venions nous mettre à table, dit Mélodie. Dépêchons-nous, il serait impoli de faire attendre ».

Ils se rendirent dans la salle à manger où monsieur Sauvage les attendait déjà.

« Avez-vous fait de belles découvertes ? » leur demanda-t-il.

« Oh oui ! répondit Harmonie un sourire béat sur les lèvres. Nous avons vu tout l'espace de jeu que nous réserve l'avant de la maison et puis surtout nous avons découvert le magnifique jardin de princesse derrière la maison ».

Monsieur Sauvage éclata de rire.

« Eh bien, tu en seras la princesse ! » s'exclama-t-il.

Le repas se déroula dans les rires et la bonne humeur, avec la cuisine de madame Puma encore une fois excellente.

Mélodie se prit à penser que peut-être, pour une fois, la chance avait tourné pour eux et qu'ils seraient vraiment bien ici.

« On s'habitue vite à être heureux »

Plusieurs jours s'étaient écoulés depuis l'arrivée des orphelins au manoir. Petit à petit, les enfants avaient pris leurs marques et même si certains avaient émis quelques réserves au départ ils étaient aujourd'hui confiants et heureux de la chance que monsieur Sauvage leur avait offerte.

Une routine avait même commencé à s'installer. Le matin, les enfants se levaient et allaient prendre leur petit-déjeuner dans la salle à manger, un petit-déjeuner digne des rois, après quoi monsieur Komodo leur faisait classe jusqu'au repas de midi. Ce dernier se révéla d'ailleurs être un très bon précepteur, le meilleur qu'ils n'aient jamais eu. L'après-midi, les enfants étaient libres de faire ce qu'ils voulaient, jeux dans le jardin, lecture, musique… Harmonie avait même commencé à apprendre le piano avec monsieur Sauvage dans sa salle de lecture. Tous les jours de 15 h à 16 h il lui apprenait à jouer de ce magnifique instrument et après, parfois, il apprenait à Amadeus à lire, ce qui enchantait le petit garçon.

L'après-midi passait toujours trop vite. Ils étaient tellement bien, à pouvoir faire tout ce qu'ils avaient toujours eu envie de faire…

Mais le soir était aussi un moment qu'ils attendaient avec impatience. Tout d'abord parce que les soupers que préparait madame Puma étaient toujours divins, mais aussi parce que tous les soirs monsieur Sauvage leur faisait la lecture dans le petit salon au coin du feu avant d'aller se coucher. C'était un moment doux et hors du temps, comme si les enfants étaient pris dans un petit cocon rassurant où rien ne pourrait les atteindre. Les lectures variaient d'une soirée à l'autre. Parfois, c'étaient des contes, ou alors, plusieurs soirs d'affilée, il leur lisait un livre en particulier comme la fois où il leur avait lu Les misérables de Victor Hugo. Pendant plusieurs jours les orphelins avaient vibré au son du récit de ces personnages hauts en couleur, au destin parfois plus que tragique.

Amadeus était émerveillé par tous ces récits, par ce monde qui s'ouvrait à lui au travers de tous ces livres. Il s'était mis en tête qu'un jour lui aussi raconterait des histoires aux gens du manoir qu'il appelait désormais sa grande famille.

Mélodie qui avait d'abord pensé que tant de gentillesse cachait forcément quelque chose avait fini par baisser sa garde et se disait maintenant que, bien que plus rares, les bonnes choses arrivaient aussi, même à des orphelins comme eux.

Harmonie n'avait jamais été aussi heureuse. Ici, elle pouvait être la princesse qu'elle avait toujours voulu être. Elle portait de belles robes, jouait du piano, pouvait aller à sa guise dans un jardin aussi fleuri que ses magnifiques tenues, où il y avait toujours une bonne odeur. Les gens ici avaient de la considération pour elle. Son bien être leur importait et elle se sentait enfin exister et compter pour des adultes. On lui demandait toujours si elle allait bien, si elle avait envie de quelque chose en particulier pour le repas, si elle avait besoin de nouvelles toilettes, et encore tant d'autres belles intentions. Monsieur sauvage avait bien compris qu'elle voulait être une grande Dame et il lui donnait des conseils sur comment se tenir, comment bien parler ou encore quelles étaient les conversations appropriées dans un dîner mondain. Elle se sentait vraiment heureuse pour la première fois depuis bien longtemps.

Après un souper encore une fois délicieux, les enfants furent conviés à se rendre dans le petit salon, au coin du feu.

« Bien, dit monsieur Sauvage. Hier, Amadeus a choisi l'histoire du soir, avant-hier c'était Harmonie, ce soir j'aimerais que ce soit toi Mélodie si tu le veux bien ».

Mélodie se sentit prise de court et se mit à réfléchir à toute vitesse, puis soudain son visage s'éclaira.

« Lors de notre première nuit au manoir vous nous avez proposé de choisir entre deux contes, je voudrais entendre celui que vous ne nous avez pas lu ce soir-là : Barbe Bleue ».

« Très bon choix », répondit monsieur Sauvage avec un petit sourire en coin.

Ses yeux brillaient d'une lueur inquiétante dans la pénombre du petit salon. Les flammes de l'âtre se reflétaient dans ses yeux.

C'est alors qu'il se mit à raconter l'histoire de Barbe bleue. L'histoire d'une femme mariée à un homme étrange qui, lorsqu'il part, interdit à son épouse d'entrer dans une pièce, l'histoire d'une découverte macabre et des conséquences qu'il pourrait en résulter.

Durant toute la durée du conte, il régnait un silence intense. À la fin de l'histoire, personne ne parla pendant au moins deux minutes. Amadeus avait les yeux animés par une peur et une excitation qui s'entremêlaient. L'histoire les avait tellement emportés qu'ils n'avaient pas remarqué madame Puma qui les attendait à l'entrée du petit salon pour les emmener au lit. Au bout d'un moment, monsieur Sauvage éclata de rire.

« Et bien les enfants, heureusement que je ne vous ai pas raconté cette histoire lors de votre première nuit ! Ne soyez pas effrayés, ce n'est qu'un conte. Je crois qu'il est l'heure d'aller vous coucher maintenant, ne faisons pas attendre madame Puma plus longtemps voulez-vous ? »

Les enfants sortirent de leur torpeur et se levèrent pour monter à l'étage.

« Bonne nuit, les enfants »

« Bonne nuit, monsieur Sauvage », répondirent les enfants en chœur.

En montant les escaliers, Mélodie ne put s'empêcher de repenser à l'histoire qu'elle venait d'entendre. Quelque chose la mettait mal à l'aise. « Pourquoi cette histoire plus qu'une autre ? » se demandait-elle. C'était la façon dont elle avait été racontée. Comme si derrière cette histoire se cachait un secret. Comme si le choix de monsieur Sauvage de proposer cette histoire dès leur première soirée avait été fait sciemment. Comme s'il avait voulu dire quelque chose… Ou peut-être, tout simplement, elle ne voulait pas s'avouer que l'histoire lui avait fait peur à elle aussi. La courageuse Mélodie effrayée par un conte stupide. Elle chassa vite cette impression désagréable qu'elle avait, en se disant qu'elle devait être fatiguée.

Une fois en haut, les enfants se brossèrent les dents puis se dirigèrent vers leurs chambres.

« Mélodie ? Amadeus avait appelé sa sœur d'une toute petite voix. Est-ce que je peux dormir avec toi ce soir s'il te plaît ? »

Mélodie regardait madame Puma et celle-ci lui sourit et acquiesça d'un léger mouvement de tête.

« Bien sûr mon petit frère chéri, répondit-elle avant de s'adresser à sa sœur : et pour toi, ça va aller ? »

Harmonie sourit « je sais que je ne crains rien dans cette maison » et elle entra dans sa chambre.

Amadeus se serra contre sa sœur dans le lit.

« Si l'histoire t'a fait trop peur nous demanderons à monsieur Sauvage de ne plus nous en lire des comme ça ».

« Non, j'ai adoré, répondit celui-ci, ici nous sommes si bien Mélodie, puis il ajouta, on s'habitue vite à être heureux, et s'endormit sur le champ. »

Et voilà l'hiver

Après quelques mois idylliques dans leur nouvelle maison, les enfants arrivèrent à leur premier Noël dans leur nouvelle famille.

Si pour Harmonie et Amadeus l'idée d'une fête étincelante et familiale, où il y aurait de la musique, des rires et des cadeaux, était une des merveilleuses choses qu'ils avaient la chance de vivre depuis qu'ils étaient ici, pour Mélodie c'était différent. Noël, c'était une de ces nombreuses choses que l'on ne connaîtra plus jamais quand on est orphelin. Encore une fête faite de déceptions et de désillusions. Elle aurait aimé que ce jour de l'année soit tout simplement effacé du calendrier.

De plus, les journées de plus en plus courtes obligeaient les enfants à rester de plus en plus à l'intérieur et Mélodie se sentait parfois comme enfermée.

Depuis quelque temps déjà, elle errait parfois dans les couloirs un livre sous le bras ou restait assise à la fenêtre du petit salon à regarder dans le vide.

Ces accès de mélancolie n'avaient pas échappé aux adultes de la maison. Et si dans un premier temps ils avaient décidé de laisser les choses se faire, quelques jours avant Noël monsieur Sauvage décida d'intervenir.

Il convoqua la jeune fille dans son bureau un matin après le petit-déjeuner.

Quand Mélodie entra dans le bureau, elle trouva une pièce où tout était en ordre. Un tapis rouge sang avec des broderies jaunes devant le bureau en bois massif et sombre. Un tableau représentant une scène de chasse à courre en automne avec ses couleurs marron et ocres, se trouvait derrière le bureau. Trois autres sur les autres murs, chacun représentant la nature : un ruisseau glacé en hiver avec beaucoup de gris et de bleu, un lac au printemps avec ses environs verdoyants, ses fleurs et ses oiseaux, et enfin un champ en été aux couleurs jaunes dorées.

« Les tableaux te plaisent on dirait ».

Mélodie sursauta. Il était assis et la fixait avec un regard intense.

« Pardon, monsieur, j'aime les dessins et ces peintures sont très belles. J'aime peut-être un peu moins l'automne si vous me permettez ».

Monsieur Sauvage sourit.

« Est-ce l'automne ou la chasse qui t'incommode ? » lui demanda-t-il.

« La chasse, monsieur », lui répondit Mélodie sans ciller.

« Bien, jeune fille, je t'ai fait venir ici pour une raison particulière. Il semblerait que tu sois parfois prise d'accès de mélancolie et peut-être nous faut-il trouver quelque chose qui te permette d'exprimer tes émotions, de les extérioriser afin qu'elles ne soient plus un fardeau pour toi. Ton frère, lui, a trouvé la lecture et aime me lire des poèmes ou des contes. Je n'ai jamais vu un petit garçon devenir aussi fort en lecture en si peu de temps. Ta sœur, quant à elle, possède un véritable don pour le piano et peut passer des heures à en jouer.

Monsieur Komodo t'a vue à plusieurs reprises dessiner de jolies petites choses sur tes cahiers d'écriture. Vois-tu, il est lui-même un très bon dessinateur et aussi un bon peintre. Ces tableaux sont de lui. Il a généreusement proposé de t'enseigner la peinture et le dessin les après-midi si tu le souhaites. Il a tenu à ce que je souligne que ce n'était en rien une obligation, mais moi je pense que ce serait une bonne chose. Qu'en penses-tu ? »

« Je veux bien essayer », répondit Mélodie.

La perspective d'être seule une bonne partie de l'après-midi avec le vieux majordome ne l'enchantait guère mais les tableaux dans le bureau de monsieur Sauvage étaient vraiment très beaux.

Le lendemain, les cours avec monsieur Komodo commençaient. Si dans un premier temps, les deux individus furent assez mal à l'aise, ne sachant pas trop comment communiquer, l'atmosphère se détendit très rapidement. En une après-midi, ils virent beaucoup de choses très intéressantes en dessin et le temps passa beaucoup trop vite au goût de Mélodie.

« M'apprendrez-vous à peindre avec de belles couleurs comme vous le faites ? » demanda Mélodie alors qu'ils rangeaient le matériel de dessin.

« Et qu'aimerais-tu peindre ? » demanda le majordome.

« J'aimerais peindre les sous-bois et le manoir en cette saison », répondit-elle sans réfléchir.

« Demain après-midi quand il fera encore jour nous irons faire des croquis dans le jardin et les sous-bois si tu le veux », proposa monsieur Komodo.

« J'aimerais beaucoup ».

Cette première leçon de peinture avait redonné à Mélodie de l'espoir et de l'envie. Le soir au repas elle raconta ce qu'elle avait fait un peu plus tôt et ensuite ils montèrent tous dans la salle de lecture ou Harmonie leur joua un petit air de piano et Amadeus récita quelques poèmes.

En se couchant, Mélodie se surprit à sourire. Qu'importe Noël, qu'importe l'hiver, ils étaient si bien ici.

Noël fut une réussite. Le repas préparé par madame Puma fut un régal, comme d'habitude. Monsieur Komodo avait fait faire des décorations aux enfants, qu'ils avaient ensuite mises sur un sapin. Au matin de Noël, pour la première fois depuis très longtemps, ils avaient trouvé des paquets à leurs noms sous celui-ci : un beau livre de contes et une petite voiture bleue pour Amadeus ; un ruban rouge pour ses cheveux, une nouvelle robe rouge elle aussi et de nouvelles partitions pour Harmonie. Mélodie regardait son frère et sa sœur ouvrir leurs cadeaux et rire aux éclats.

« Tu n'ouvres pas ton paquet ? » lui demanda le vieux majordome.

« Si bien sûr », répondit-elle.

Elle trouva dans son paquet des pinceaux et des tubes de peinture. Plein de couleurs toutes plus belles les unes que les autres. Elle se mit à pleurer.

« Je suis désolé je pensais que ce serait une bonne idée ». Monsieur Komodo semblait paniqué.

Mélodie alla se blottir au creux des bras du vieux monsieur.

« Ah ! je pense que j'ai bien fait de vous laisser choisir le cadeau pour Mélodie », s'exclama monsieur Sauvage.

« Merci », murmura-t-elle.

« Je vous emmènerai peindre la nature, comme ça », répondit monsieur Komodo en souriant.

Lorsqu'ils allèrent se coucher ce soir-là. Les enfants ne pensaient plus à leurs malheurs passés, ils étaient emplis d'amour et d'espoir.

Le sacre du printemps

La fin de l'hiver se déroula comme dans un rêve pour les enfants. Tout était beau et positif. Les adultes étaient bienveillants et leur apprenaient chaque jour de nouvelles choses.

Bientôt, des touches de vert apparurent dans la propriété. On entendait les oiseaux pépier et l'air se faisait de plus en plus doux. Le printemps revenait et apportait avec lui une énergie nouvelle et pleine de belles promesses.

Mélodie avait progressé très vite en très peu de temps et avec monsieur Komodo ils passaient désormais le plus clair de leurs après-midi dehors à chercher de beaux paysages ou de belles natures mortes.

« Vous devenez de vrais petits adultes destinés à faire partie des grands de ce monde, leur dit ce soir-là monsieur Sauvage. Pour vous récompenser d'avoir mis tant de cœur à l'ouvrage, j'aimerais faire une soirée en votre honneur au manoir. J'y inviterai mes amis. Ce sont des gens très intéressants et très fins et ils seront enchantés d'entendre Harmonie et Amadeus et de voir les magnifiques tableaux de Mélodie ».

Les enfants étaient enthousiastes à cette idée. D'autant que depuis qu'ils étaient ici ils n'avaient vu personne hormis les habitants du domaine.

C'est ainsi que commencèrent les préparatifs de la fête du printemps qui aurait lieu en mai.

Pendant les quelques semaines qui précédèrent les réjouissances, les enfants furent surexcités. Ils débordaient d'idées pour les décorations, le menu, ce qu'ils allaient présenter… Cette euphorie finit même par gagner madame Puma, d'ordinaire très pragmatique. Elle autorisa les enfants à venir la voir en cuisine et même à participer à la préparation des repas en vue de l'aider à préparer les mets succulents de la fête. Dans la maison régnait une atmosphère de joie et de tendresse et les rires résonnaient dans les couloirs.

Monsieur Sauvage avait dû s'absenter pour des affaires et avait laissé les deux domestiques prendre en main les enfants pendant son absence. Même si les histoires au coin du feu leur manquaient, les enfants étaient bien et Amadeus se plaisait à raconter des histoires de son invention, tous les soirs, à tout le monde, dans sa chambre avant d'aller se coucher. Si au début ils s'étaient faits discrets, madame Puma et monsieur Komodo prenaient de plus en plus de place dans la vie des enfants et dans leur cœur aussi. Tout allait pour le mieux et les enfants se sentaient en sécurité et choyés.

Une semaine avant la fête monsieur Sauvage rentra au château. Les enfants étaient contents de le retrouver mais lorsqu'il arriva il prit la direction de son bureau sans prendre le temps de leur dire bonjour.

« Allons, allons, leur dit madame Puma. Monsieur a sûrement encore des choses à régler, vous le verrez pour le souper. Voulez-vous m'aider à préparer une tarte aux pommes ? »

Ils oublièrent vite leur frustration et suivirent la gouvernante dans la cuisine.

La fin d'après-midi se déroulait de manière plaisante, les enfants adoraient regarder et aider en cuisine. Soudain, monsieur Sauvage entra en trombe, son visage était déformé par la colère.

« Que font-ils ici ?! cria-t-il en fusillant madame Puma du regard. Ne vous ai-je pas déjà dit que chacun devait rester à sa place dans cette maison ?! La place de ces enfants est-elle dans la cuisine ?! Je n'ose imaginer quelles autres règles vous avez transgressées pendant mon absence ! »

« Je vous en prie, monsieur, cela ne se reproduira plus », répondit madame Puma d'une voix affolée.

« Dans vos chambres », hurla monsieur Sauvage cette fois-ci en s'adressant aux enfants.

Les orphelins se précipitèrent hors de la cuisine et allèrent se réfugier dans la chambre de Mélodie ne comprenant pas très bien ce qui venait de se passer.

Ils restèrent là pendant quelques heures puis entendirent des pas monter l'escalier. Ils avaient peur et c'était une peur viscérale qui faisait écho à toutes les années de mauvais traitements qu'ils avaient subies.

« Les enfants, il est l'heure d'aller souper. Monsieur vous attend déjà à table ». C'était la voix grave et rassurante de monsieur Komodo.

Ils sortirent, serrés les uns contre les autres. En descendant les escaliers, leur inquiétude ne fit que s'amplifier. Arrivés dans le salon ils restèrent dans l'entrée, interdits.

« Venez vous asseoir, leur dit le maître de maison avec un regard bienveillant, je vous prie de bien vouloir m'excuser pour cet après-midi, j'étais épuisé par mon voyage. Mais il faut que vous compreniez, je ne suis pas en colère contre vous. Pas du tout ».

Les enfants se détendirent un petit peu. Madame Puma entra et commença le service. Durant tout le repas, elle n'eut pas un seul regard pour les orphelins. Pas un. Lorsqu'Amadeus tenta de toucher sa main, elle n'eut aucune réaction. C'était comme si les enfants n'existaient plus.

Comme à son habitude, monsieur Sauvage leur fit la lecture dans le petit salon avant le coucher. Mais les enfants étaient dans une telle incompréhension qu'ils n'écoutèrent pas vraiment l'histoire du soir.

Enfin, madame Puma vint les chercher pour les mener à leurs chambres. Encore une fois, elle n'eut pas un regard pour eux et quand ils arrivèrent en haut Amadeus tenta de prendre la gouvernante dans ses bras. Elle le repoussa sans ménagement et leur lançant un « bonne nuit les enfants » alors qu'elle était déjà en train de redescendre les escaliers.

Amadeus se mit à pleurer à chaudes larmes et plus ses sœurs essayaient de le calmer, plus il pleurait fort. Mélodie décida de descendre chercher quelqu'un car son frère ne voulait pas se calmer. Arrivée en bas, elle aperçut madame Puma dans la salle à manger qui tentait de cacher ses larmes.

« Que se passe-t-il ? » fit la voix de monsieur Sauvage derrière elle.

Il était à l'entrée de son bureau et la regardait avec inquiétude et désapprobation.

« Amadeus voulait faire un câlin à madame Puma mais elle a refusé et maintenant il pleure et refuse de se calmer ».

« Elle a bien fait de refuser car ce n'est pas son rôle », lui répondit-il.

Puis il commença à monter les escaliers. Mélodie le suivit.

« Allons, mon garçon, tout va bien », dit monsieur Sauvage.

Il prit Amadeus dans ses bras et se mit à le serrer tout contre lui en lui caressant le dos.

« Veux-tu que je reste jusqu'à ce que tu t'endormes ? » demanda-t-il au petit garçon.

« Oui », répondit celui-ci.

« Bien. Allez-vous coucher Mesdemoiselles », dit-il en s'adressant aux deux jumelles.

Mélodie n'aimait pas trop la tournure que prenaient les événements. Mais avait-elle vraiment le choix ? Une chose était rassurante, leur nouveau précepteur n'avait pas été méchant avec eux. Mais pourquoi avait-il était si désobligeant avec madame Puma ? Et qu'avait-il bien pu lui dire pour que son comportement envers les enfants change aussi radicalement ? Consciente qu'elle ne trouverait pas les réponses à toutes ces questions ce soir, elle décida qu'il valait mieux dormir. Ses idées seraient plus claires demain matin, après une bonne nuit de sommeil.

Le jour de la fête était arrivé. L'incident qui avait eu lieu quelques jours auparavant était déjà presque oublié. Il faut dire que les enfants avaient eu beaucoup à faire et monsieur Sauvage avait été très présent à leurs côtés. Madame Puma gardait toujours ses distances avec les enfants mais désormais seule Mélodie semblait trouver ça anormal.

Monsieur Sauvage avait acheté de nouveaux habits à tous les enfants pour qu'ils soient élégants et présentables devant les invités.

Avec monsieur Komodo, Mélodie avait sélectionné quelques-unes de ses peintures. Elle pensait que son tuteur serait à ses côtés durant l'exposition mais celui-ci lui avait expliqué que ce n'était pas la place d'un domestique et que de toute façon, il serait trop occupé à servir des rafraîchissements.

La robe que le maître de maison lui avait achetée déplaisait fortement à Mélodie. C'était une robe avec des fleurs bleues, faite de jupons et de dentelles. Une robe de princesse comme celle de sa sœur. Elle n'aimait pas ça du tout. Mais pour faire plaisir, elle n'avait rien dit et avait accepté de la porter pour ce jour important.

Il était onze heures et les invités allaient commencer à arriver. Monsieur Sauvage demanda aux enfants d'attendre devant la maison avec lui. Ils arrivèrent enfin. Ils étaient six en tout. Il n'y avait en fait que des couples de plus de cinquante ans, très bourgeois. Aucun autre enfant.

Après un petit récital dans la salle de lecture ou Harmonie put montrer ses talents de pianiste, tout le monde fut convié à table. Le repas fut long et les enfants s'ennuyèrent beaucoup car les conversations des adultes ne les intéressaient pas vraiment.

Après une petite promenade digestive, les invités furent conviés dans le petit salon où ils purent contempler les peintures de Mélodie et enfin écouter quelques poèmes récités par Amadeus. Puis les enfants furent invités à aller jouer dans la roseraie. En sortant, Mélodie entendit une voix de femme dire à monsieur Sauvage « Vous avez fait des merveilles avec ces petits orphelins. C'est une chance pour eux que vous ayez daigné les adopter ».

La nuit commençait à tomber quand monsieur Komodo vint les chercher pour le souper. Les invités avaient quitté la propriété sans même leur dire au revoir. Le repas se déroula dans le silence.

« Pas d'histoire ce soir, je suis fatigué, lança monsieur Sauvage à la fin du repas. Mais vous avez bien travaillé, dit-il en souriant ».

Puis il se leva de table et alla dans son bureau.

Les enfants montèrent dans leurs chambres, quelque peu déçus.

« C'est ça une fête de printemps ? » demanda Amadeus.

« C'est ça une fête d'adulte, lui répondit Harmonie. Nous avons fait notre entrée dans la haute société, dit-elle un peu hautaine. »

« Mélodie, tu peux venir un peu dans ma chambre ? » demanda le petit garçon.

La jeune fille entra avec son petit frère dans la chambre bleue. Elle resta un peu avec lui à discuter de cette journée étrange, de cette fête qu'ils avaient tant espérée et qui n'avait pas du tout été ce qu'ils attendaient.

Peu à peu, Amadeus commença à glisser dans le sommeil. Alors que Mélodie sortait du lit sans faire de bruit pour rejoindre sa chambre, elle entendit son petit frère marmonner dans un demi-sommeil.

« Sacrée fête de printemps », furent ses derniers mots avant de plonger dans les bras de Morphée.

Madame Puma
ou le portrait de monsieur sauvage

Madame Puma avait passé presque la totalité de sa vie au service de la famille Sauvage. Elle avait 12 ans, à peu près l'âge des jumelles, quand elle était entrée comme domestique dans le manoir. À l'époque, c'étaient les parents de monsieur Sauvage qui dirigeaient les lieux, et lui n'était alors qu'un petit garçon de 4 ans.

Monsieur et madame Sauvage, les parents, étaient des maîtres exigeants et parfois même cruels. Mais au vu du milieu dans lequel elle avait grandi, madame Puma savait très bien qu'il valait mieux des maîtres tyranniques plutôt que la pauvreté et l'incertitude.

C'étaient les grandes années du manoir Sauvage et il y avait alors beaucoup plus de domestiques. Ils étaient 4 en cuisine, 3 dans la maison et 3 dans le jardin. Il n'était pas rare qu'un des domestiques soit sanctionné et battu parce qu'il avait mal taillé une haie, servi le repas de monsieur de la mauvaise main ou encore mal évalué la température du bain. Bien qu'elle ait été encore une enfant, madame Puma aussi avait reçu son lot de punitions, même si les domestiques de la cuisine plus âgés s'arrangeaient toujours pour essayer de la protéger. Étant la plus jeune des domestiques, le jeune monsieur Sauvage s'était pris d'une affection particulière pour elle. Sans doute voyait-il en elle le seul autre enfant avec qui il pouvait partager.

S'étant rendu compte de cela, madame Sauvage affecta madame Puma au service de maison, et plus précisément au service de son fils. Elle qui jusqu'ici devait s'occuper des repas et n'avait accès qu'aux cuisines et à la salle à manger, se retrouvait désormais dans le reste du manoir et devait veiller sur un enfant. Cela faisait déjà 2 ans qu'elle travaillait au manoir et si tous les domestiques virent cela comme une chance et une promotion, madame Puma, elle, aurait préféré rester en cuisine où elle se sentait plus libre. Les heures étaient longues aux côtés du petit garçon, et ses maîtres la surveillaient encore plus.

Pendant l'année qui suivit, la vie se déroula sans souci pour madame Puma. En effet, son nouveau statut était plus confortable et elle ne fut même pas corrigée si tant est qu'elle ait commis un impair. Monsieur Sauvage père était souvent en déplacement et madame Sauvage prêtait peu d'attention à son fils. Le petit garçon s'épanouissait dans son apprentissage et aimait les longues promenades dans le parc avec la domestique.

Un soir, alors qu'ils étaient à table, le jeune maître demanda à son père s'il désirait écouter le nouveau morceau de piano qu'il avait appris. Le père ricana et dit à son fils qu'il préférait devenir sourd plutôt que d'entendre un enfant incapable jouer mal du piano. Bien évidemment, l'enfant ne put retenir ses larmes et bientôt il se mit à sangloter. La mère pria son fils de cesser ses jérémiades sans grande conviction. Le père donna l'ordre à son fils de ne plus faire de bruit et d'arrêter d'indisposer ses parents. Mais si l'enfant réussit à faire le silence, il échoua pour ce qui est de ne plus pleurer. C'est alors que le père entra dans une colère noire. Il se mit à jeter la porcelaine sur les murs puis attrapa son fils pour l'emmener dans son bureau. Effrayée, madame Puma ne savait pas quoi faire. Bientôt, elle se mit à entendre les hurlements de douleur du petit garçon. Elle regarda vers la mère qui était restée assise à table. Elle ne bougeait pas, le regard perdu dans le vague. N'y tenant plus, madame Puma, qui s'était beaucoup attachée au petit garçon, se précipita dans le bureau. Ce qu'elle vit en entrant la marqua à tout jamais. Elle supplia le père de cesser sa punition. L'attrapant par les cheveux, il la traîna dehors, la jeta au sol et la roua de coups jusqu'à ce qu'elle perde conscience.

Le lendemain, elle était de nouveau affectée aux cuisines. Bien qu'elle eut beaucoup de mal à bouger, elle fit son service comme tout le monde. Elle était bannie du manoir, seul l'accès aux cuisines lui était autorisé. Durant les repas, elle essaya d'apercevoir le petit garçon mais il n'était pas là.

Le soir, elle demanda aux autres employés de maison s'ils l'avaient vu. On lui expliqua qu'il était consigné dans sa chambre jusqu'à nouvel ordre et qu'elle ne devait plus jamais se mêler des affaires des maîtres.

« Ici, les employés ne sont pas renvoyés, ils disparaissent », lui avait dit un des employés de maison.

Quelques jours plus tard, alors qu'elle revenait du marché, elle aperçut le jeune maître se promenant dans le jardin. Elle lui fit signe mais il ne répondit pas.

Le garçon fut envoyé très loin, dans un pensionnat. La rumeur disait que les châtiments corporels y étaient quotidiens et monsieur Sauvage père répétait sans cesse que son fils allait y devenir un homme.

Madame Puma avait 24 ans quand le jeune maître revint. Il avait alors 18 ans. Le petit garçon doux et intelligent qu'elle avait connu avait fait place à un jeune homme cruel et brutal. Il frappait les domestiques et y prenait même du plaisir.

Cependant, il épargna madame Puma. Elle savait que c'était parce qu'elle connaissait son secret et parce qu'elle n'avait jamais rien dit à personne.

Monsieur Sauvage devint un riche homme d'affaires et se mit à parcourir le monde. En vieillissant, il se radoucit et chaque fois qu'il revenait de voyage, il venait raconter ses histoires à madame Puma.

Alors qu'il venait d'avoir 35 ans, le père de monsieur Sauvage mourut d'une rupture de la paroi stomacale due à un cancer de l'estomac. Sa méchanceté l'avait rongé de l'intérieur. Sa femme, déjà très effacée, se mit à errer dans le manoir, sans but précis et décéda peu de temps après son mari.

C'est ainsi que monsieur Sauvage revint vivre de manière permanente au manoir. Il renvoya les domestiques et ne garda que madame Puma et monsieur Komodo qu'il avait ramené avec lui. Il engagea un nouveau jardinier, un jeune homme fringuant qui ne rechignait pas à la tâche.

Ils étaient bien. Même si monsieur Sauvage désirait plus que tout la présence d'enfants dans le manoir.

Madame Puma aurait tout fait pour son maître. Une partie d'elle se sentait responsable de ce qui lui était arrivé. Une autre l'aimait plus que tout, comme s'il était un membre de sa famille voire une partie d'elle. Qu'importe qu'il lui crie dessus, qu'il lui manque de respect… Elle lui serait dévouée jusqu'à la fin de ses jours.

Un été sans fin

Après la fête de printemps, qui avait laissé les enfants quelque peu perplexes, les choses avaient repris leur cours.

Monsieur Sauvage se montrait très attentif envers les enfants, aidant toujours Amadeus pour la lecture et Harmonie pour le piano, mais aussi en faisant des activités avec eux comme des pique-niques ou des sorties à la rivière pour se baigner. Il était même venu deux ou trois fois avec monsieur Komodo et Mélodie pour les regarder peindre. Si la jeune fille avait été sur ses gardes avec le maître de maison, elle s'était à présent apaisée et se disait qu'elle avait de la chance. Elle pouvait développer ses facultés artistiques, elle avait une belle maison, mangeait plus qu'à sa faim… Il lui semblait désormais que monsieur Sauvage était un homme complexe mais bon et dénué de mauvaises intentions à leur égard. Même madame Puma semblait s'être radoucie.

Le début de l'été fut un moment merveilleux pour les enfants. Tout n'était que rire et complicité. Ils apprenaient tant au contact des adultes et le tout en s'amusant ! Amadeus devenait de plus en plus érudit et passait tout son temps dans la salle de lecture quand celle-ci n'était pas occupée par Harmonie et ses leçons de piano avec monsieur. Quand elle ne jouait pas, elle se promenait dans le parc avec son professeur, quand celui-ci ne travaillait pas, ou restait dans la roseraie, tantôt en train de lire, tantôt pensive et rêveuse. Pour Mélodie, la vie avait une saveur divine. Elle partait tôt le matin et revenait seulement pour le souper. Toute la journée, elle et monsieur Komodo arpentaient le parc et ses environs, en quête d'endroits à dessiner en croquis, en estampes… Et même parfois, quand l'endroit était particulier, ils s'installaient au même endroit pour quelques jours, afin de faire une toile. Elle ne voyait pas le temps passer.

Le week-end, ils faisaient toujours une activité tous ensemble. Jeux de société, baignades, séance de cinéma… Tout le monde participait et les liens entre les habitants du manoir devenaient chaque jour de plus en plus forts.

Nous étions déjà au milieu du mois d'août, l'été passait à toute vitesse. Il avait fait chaud jusqu'ici mais les températures se mirent à grimper en flèche et bientôt tous se mirent à être accablés par la chaleur. Les sorties devinrent impossibles durant la journée, il était préférable pour la santé de rester dans la pénombre et la fraîcheur du manoir. Si son frère et sa sœur avaient déjà des occupations à l'intérieur, Mélodie se retrouva quant à elle quelque peu désœuvrée. Les premiers jours, elle resta dans le petit salon, à lire des romans, mais sentant l'ennui la gagner elle alla voir monsieur Komodo pour lui demander conseil.

« Eh bien, je pense qu'il est temps que tu dessines et peignes des modèles humains », lui répondit-il en souriant.

La jeune fille trouva cette idée fort intéressante et se mit en quête d'un modèle. Il lui parut évident que son tout premier portrait devait être celui de sa sœur si jolie et si apprêtée. Elle fit le tour du manoir et la trouva dans sa chambre allongée sur son lit.

« Harmonie ? Voudrais-tu être mon modèle ? Je peindrais une très belle toile de toi. Je promets de faire de mon mieux ».

« Laisse-moi, lui répondit-elle. J'ai besoin de me reposer après ma leçon de piano ».

Dans la pénombre, elle ne pouvait voir le visage de sa sœur mais juste en l'entendant Mélodie pouvait dire qu'elle n'allait pas bien. Peut-être même avait-elle pleuré.

« Sors ! » s'exclama Harmonie en haussant la voix.

Se disant qu'elle avait sûrement besoin d'espace, la jumelle obtempéra et sortit. Elle se dirigea vers la salle de lecture. Avec un peu de chance, son frère serait plus accommodant.

Lorsqu'elle entra, elle vit Amadeus lisant à voix basse sur les genoux de monsieur Sauvage. Les deux parurent très surpris de cette entrée impromptue.

« Pardon je ne voulais pas déranger », bredouilla Mélodie.

« Non entre, répondit monsieur Sauvage. Que veux-tu ? Dis-nous ».

« Je voulais savoir si je pouvais dessiner Amadeus pendant qu'il lit. J'aimerais m'entraîner au portrait comme je ne peux pas trop aller dehors pour l'instant », répondit-elle.

« C'est une excellente idée ! s'exclama le maître de maison, je vous laisse tous les deux. Nous reprendrons demain ».

Il se leva et sortit, laissant les deux enfants dans la salle de lecture.

« Tu n'auras qu'à faire comme si je n'étais pas là », dit la grande sœur avec un sourire tendre.

« Bien » répondit le petit garçon.

Il s'empara d'un livre, se mit sur le fauteuil et commença à lire. On avait l'impression qu'il évitait soigneusement de regarder sa sœur.

« Amadeus tout va bien ? » demanda Mélodie avec une pointe d'inquiétude dans la voix.

Il leva la tête vers elle. Ses yeux étaient tout écarquillés et il semblait affolé par cette question.

« Oui, tout va bien. J'aimerais juste lire ».

Décidément, son frère et sa sœur étaient bien étranges aujourd'hui.

Ils passèrent toute l'après-midi en silence. Mélodie fit plein de croquis de son petit frère adoré, capturant sa mine concentrée ou son air parfois un peu mélancolique.

Au souper, monsieur Sauvage demanda à voir les croquis. Il fut impressionné par la capacité de la jeune fille à restituer les traits, la posture, l'essence d'un modèle.

« Serais-tu d'accord pour faire quelques croquis et pourquoi pas un portrait de moi ? » lui demanda-t-il.

« Ce serait pour moi un honneur », répondit Mélodie comblée par cette demande.

Le lendemain matin, Mélodie se rendit dans le bureau de monsieur Sauvage. La porte était entrouverte et elle entendit une discussion des plus étranges entre monsieur Komodo et monsieur Sauvage.

« Monsieur, je ne pense pas qu'elle soit prête à faire des portraits. Ses traits sont grossiers et son œil n'est pas assez entraîné. Laissez-moi la former encore un peu ».

« Elle dessine très bien et je souhaite qu'elle me dessine aujourd'hui. Fin de la discussion », répondit le maître.

En sortant de la pièce, le majordome vit son élève. Mélodie était blessée par ce qu'elle avait entendu. Lui qui louait sans relâche ses qualités artistiques qualifiait maintenant ses traits de grossiers ?! Elle ne comprenait plus. Elle aurait voulu lui poser la question mais monsieur Sauvage apparut dans le cadre de la porte.

« Ah, Mélodie ! Pour une première session, je souhaiterais que nous fassions cela dans mon bureau. Es-tu d'accord ? »

« Bien entendu monsieur », répondit-elle.

Elle entra dans la pièce et il ferma la porte derrière elle. Il s'assit derrière son bureau le menton haut, le regard brillant braqué sur la jeune fille et lui dit d'une voix grave et feutrée :

« Alors, allons-y ».

Pendant presque deux heures, il continua à la fixer et elle à le dessiner dans cette position. Mélodie était troublée par le regard perforant, presque angoissant, que lui lançait monsieur Sauvage.

Soudain, il se leva et s'approcha de Mélodie sans la quitter une seule fois des yeux. Elle se sentait comme une biche prise au piège par un chasseur.

Il lui caressa la joue. Elle était tétanisée. Il se pencha vers elle comme pour l'embrasser. Elle recula vivement, faisant tomber sa chaise en se relevant.

« As-tu peur de moi ? » demanda-t-il avec une lueur cruelle dans les yeux.

« Oui », répondit-elle, le cœur battant dans ses tempes.

Elle fit quelques pas en arrière. Puis se ravisa, avalant sa peur, et avança vers lui.

« Non », dit-elle le regard bleu aussi froid qu'un pic à glace et vibrant de défi.

Puis elle se tourna, ramassa ses affaires et sortit. Elle passa le reste de la journée dans sa chambre, essayant de comprendre ce qui s'était passé. Elle sentait que quelque chose d'anormal avait eu lieu mais elle ne voyait pas vraiment quoi. Il n'avait pas été violent ou méchant. Alors pourquoi cette sensation qu'elle devait fuir ?

L'heure du souper était arrivée et elle n'avait toujours pas de réponse à ses questions. Comme elle n'avait pas mangé le repas du midi, elle avait très faim et décida de prendre son courage à deux mains et de descendre pour un repas avec tout le monde.

En bas des escaliers, monsieur Sauvage l'attendait.

« Je ne souhaite pas te voir dîner avec nous ce soir. Demain peut-être mais je ne veux pas que ton attitude négative déteigne sur ton frère et ta sœur. Et dorénavant, tu passeras ton temps à apprendre avec monsieur Komodo. Je ne veux pas te voir dans la maison dans la journée ».

« Mais je… »

« Monte dans ta chambre ! » s'écria-t-il le visage rouge de colère.

Dans l'entrée de la salle à manger, Amadeus la regardait, effrayé.

« À table », dit le maître de maison en prenant le petit garçon par l'épaule.

Mélodie resta quelques instants en bas des escaliers, incrédule, se sentant humiliée par ce qui venait de se passer. Puis les larmes commencèrent à lui monter aux yeux, elle se retourna et courut jusque dans sa chambre ou elle se jeta sur son lit pour pleurer en silence, la tête dans les couvertures.

Une heure plus tard, on frappa à sa porte. Monsieur Komodo entra, un plateau dans les mains.

« Il faut manger ma petite, c'est important ».

Puis s'asseyant tout au bord du lit, il entreprit de caresser maladroitement les cheveux de Mélodie tout en répétant :

« C'est pour le mieux, c'est pour le mieux… »

Monsieur Komodo

Monsieur Komodo avait connu monsieur Sauvage bien des années auparavant alors qu'il vivait encore au Cambodge.

À cette époque, il était très pauvre et devait trouver des moyens pour subvenir à ses besoins : 60 h de manutention dans une usine de caoutchouc, voilà ce qu'était son quotidien.

Sa mère était tout ce qu'il lui restait. Femme sans mari et seule à pourvoir aux besoins de sa famille, elle travaillait dans une maison close en périphérie de Phnom Penh. Cela leur avait permis de ne pas perdre leur maison et de pouvoir vivre avec un minimum de décence durant toute l'enfance et la jeunesse de monsieur Komodo. Ce n'était pas du goût des voisins qui crachaient sur son passage, l'insultaient et parfois même lui jetaient des choses. Elle aimait peindre et dessiner et avait appris à son fils la patience et le sens de l'observation, qualités essentielles pour saisir les émotions, ainsi que pour réaliser des natures mortes ou travailler à partir de modèles vivants. Grâce à elle, il avait appris à trouver de la beauté même dans ce qu'il y a de plus obscur. Il espérait un jour ne plus voir sa mère s'abaisser à ce travail, mettait de l'argent de côté et cherchait toujours un investissement à faire qui lui permettrait de vivre avec sa mère loin de tout ça.

Un jour, elle ramena un homme à la maison. C'était la première fois et ce fut aussi la première rencontre avec monsieur Sauvage. Il resta quelques jours avec la famille, désireux d'être auprès de cette femme sans âge sur laquelle le temps semblait ne plus avoir eu prise depuis qu'elle était devenue jeune fille. Puis il repartit dans son pays promettant un retour rapide.

Peu de temps après son départ, la mère tomba très malade. Elle contracta la tuberculose et ne put bientôt plus quitter son lit. Face au prix du traitement, son pauvre petit salaire ne faisait pas le poids et bientôt toutes ses économies et ses chances d'offrir une vie meilleure à sa mère disparurent. Sa mère allait mourir et il ne savait comment trouver une solution.

C'est alors que monsieur Sauvage revint. Il ne voulut pas s'approcher de la femme, maigre, crachant du sang, ayant vieilli d'un seul coup.

« Je ferai venir un bon médecin pour ta mère », dit-il à monsieur Komodo sans même le regarder.

Le lendemain, un docteur européen se présenta à l'entrée de leur maison. Il ausculta la mère puis lui prescrivit un traitement.

« Je ne peux payer pour ce traitement », murmura monsieur Komodo en larmes.

« Je sais, répondit le médecin. Monsieur Sauvage m'a demandé de vous apporter pour deux mois de traitement ».

Ce furent deux mois d'une belle vie. La mère allait de mieux en mieux, ils passaient de bons moments tous les deux. Hélas, quand il n'y eut plus de traitement, la maladie se manifesta plus violemment encore qu'auparavant et seulement quelques jours plus tard elle mourut alors que son fils était à l'usine.

Il rentrait à la tombée de la nuit quand il remarqua que les fenêtres de sa maison étaient éteintes. Il sentit l'angoisse serrer sa gorge et commença à presser le pas. Lorsqu'il entra dans la maison, il eut l'impression que tout l'oxygène en avait été aspiré et que plus aucun rire ne pourrait résonner entre ces murs. Il pénétra dans la chambre et vit sa mère, petite chose, recroquevillée sur elle-même. Du sang maculait les draps et sur son visage se lisait l'expression d'une douleur insoutenable.

Ne sachant quoi faire, il prit le corps de sa mère dans ses bras et sortit dans la rue. Il ne sentait même pas les larmes qui inondaient ses joues, son cou et son torse. Il tomba à genoux devant sa maison incapable de faire quoi que ce soit. Une voisine l'avait vu par sa fenêtre et sortit voir ce qui se passait avec son mari. Elle s'approcha de monsieur Komodo.

« Oh, mon pauvre… Voulez-vous que j'appelle une ambulance ? Ou la police ? »

« Éloigne-toi de lui et rentre à l'intérieur, ces gens-là sont sales ».

La femme regarda son mari, apeurée, et rentra dans sa maison.

« Une putain de moins sur terre, il était temps qu'elle crève », dit le mari en se retournant pour rentrer chez lui.

Sans un bruit, sans un mot, monsieur Komodo se leva, rattrapa son voisin et le frappa jusqu'à ce que son visage ait totalement disparu. Puis il s'allongea près de sa mère jusqu'à ce que la police arrive.

Condamné à mort, il était prêt à quitter ce monde comme il y était entré : en pauvre et en paria.

Alors qu'il était en train de vivre l'une de ses dernières journées avant son exécution, il reçut de la visite en prison. C'était Monsieur Sauvage.

« Si je mets le bon prix, je peux acheter ta vie. J'ai besoin d'un homme qui fasse ce que je lui demande et qui ne me remette jamais en question ».

« Pourquoi continuer à vivre, je n'ai plus de raison de vivre ! » hurlait le prisonnier sans le vouloir.

« Crois-tu qu'elle aurait voulu que tu meures ? Ne crois-tu pas plutôt qu'elle aurait voulu que tu vives pour servir un homme bon et généreux, comme moi, qui lui a trouvé un traitement, qui vous a aidés ? Ne me réponds pas tout de suite mais sache que je pourrai te faire découvrir le monde et bien des choses. Tout ce que je veux c'est un fidèle serviteur qui soit loyal jusqu'à la fin de sa belle, longue et riche vie ».

Monsieur Sauvage était le seul à avoir tendu la main à sa mère et il était vrai que monsieur Komodo se sentait redevable pour cela. Peut-être pourrait-il expier ses fautes en mettant toute son énergie et sa ferveur au service d'un homme aussi bon.

Le surlendemain, des gardes entrèrent très tôt le matin dans la cellule où était monsieur Komodo. Ils l'attrapèrent avec violence, le frappèrent pour le faire avancer plus vite. Il sentit que c'était la fin, sa mort était proche. « Je dois faire face à la mort avec dignité », se répétait-il en boucle dans sa tête.

Arrivé dans la cour il pensait à sa mère qu'il n'avait pu sauver. Il pensait à la proposition de monsieur Sauvage qu'il aurait dû accepter. Soudain, il entendit une voix derrière lui.

« Es-tu prêt à partir, à laisser cette vie derrière toi ? Es-tu prêt à me servir jusqu'à la fin de tes jours ? »

« Oui monsieur ».

C'est ainsi que monsieur Komodo devint le majordome de monsieur Sauvage. Il lui avait promis sa loyauté et de le servir aveuglément et c'était un homme d'honneur.

Et puis l'orage

Comme à chaque fois que la chaleur s'accumule (brûlant tout sur son passage), la lumière devient blanche, le ciel devient gris et l'air très lourd. Inévitablement, l'orage finit par éclater. Les éléments se déchaînent et jouent alors une symphonie étourdissante ponctuée de grognements pénétrants et de flashs de lumière aveuglants.

Nous étions à la fin du mois d'août. Cela faisait deux semaines que Mélodie avait été bannie de la maison la journée. Elle ne s'en plaignait pas. Les journées dehors avec monsieur Komodo étaient comme une bouffée d'air frais. Même si cette bouffée était à 45 degrés à l'ombre. Parfois, il faisait tellement chaud qu'ils ne peignaient même pas. Monsieur Komodo lui faisait promettre de ne rien dire et il l'emmenait à la rivière. Là-bas, ils restaient les pieds dans l'eau ou bien se baignaient puis ils lisaient, faisaient quelques croquis ou encore discutaient. Le majordome avait expliqué que monsieur Sauvage lui avait sauvé la vie quand il était plus jeune et qu'il aurait à jamais une dette envers lui. En la regardant droit dans les yeux, il lui avait dit quelque chose qu'elle n'avait pas vraiment compris. Il avait dit :

« Je ne peux cautionner ses actes, je sais que c'est un homme mauvais et que ce qu'il fait est contre nature… Mais comprend bien ma petite, il m'a épargné la mort et pour cela je lui ai promis de le servir jusqu'à la fin de mes jours, ainsi qu'une loyauté sans faille ».

C'était le 29 août. Cette date restera à jamais gravée dans sa mémoire. Un orage avait éclaté vers 3 h du matin. On aurait dit que l'Apocalypse était aux portes du manoir et que sous peu il serait englouti dans le néant avec fracas. Amadeus, suivi de près par Harmonie, était venu se réfugier dans le lit de Mélodie. Serrés les uns contre les autres, tremblants, ils avaient essayé de faire taire en eux les craintes et de trouver le sommeil dans cette tempête. Mais l'orage ramenait en eux leurs craintes les plus sombres, les souvenirs du passé, les traumatismes du présent et les souffrances à venir. Personne ne parlait mais ils n'avaient pas besoin de mots. Leurs regards, le langage de leurs corps, tout était dit. Mélodie prenait conscience de l'ampleur des dommages chez son frère et sa sœur, même si au fond d'elle elle avait toujours su. Les flashs aveuglants des éclairs donnaient à ses yeux une lueur translucide qui ne faisait qu'accentuer l'inquiétante colère sourde qui montait et grondait. Harmonie regardait sa sœur et ne pouvait s'empêcher de penser que si cette colère sortait elle détruirait tout sur son passage. Elle ne comprenait pas très bien ce qu'il se passait mais sentait que rien de bon n'allait découler de cette nuit. Ou peut-être que si après tout.

Au petit matin, les enfants, encore tout ensommeillés après une nuit trop courte, descendirent prendre le petit-déjeuner. Dehors une pluie torrentielle empêchait de voir au-delà de deux mètres au travers des carreaux.

« Mélodie, tu resteras dans ta chambre pour la journée. » furent les seules paroles prononcées par monsieur Sauvage.

Ne souhaitant pas entrer en conflit, Mélodie ne discuta pas et alla directement dans sa chambre après le petit-déjeuner.

Mais au bout de quelques heures, elle commença à s'ennuyer et décida de sortir pour aller chercher un livre. Comme il n'y avait pas de bruit dans la salle de lecture, elle en déduisit qu'il n'y avait personne pour l'instant et entra.

Il y avait pourtant monsieur Sauvage et sa sœur et ils n'étaient pas en train de faire une leçon de piano. Harmonie se mit instantanément à pleurer comme si tout était de sa faute. Monsieur Sauvage, lui, resta très calme et se contenta de fixer Mélodie avec un sourire carnassier. Passé la stupeur, Mélodie tourna les talons et retourna dans sa chambre comme si son corps était guidé automatiquement, son esprit encore trop paralysé par l'incompréhension. Une fois enfermée dans sa chambre, elle se demanda ce qu'elle venait de voir. Son cœur battait si vite et il semblait ne plus jamais vouloir ralentir ! Que se passait-il ? Que devait-elle faire ? Que se passait-il ? Que venait-elle de voir ? Que se passait-il ?…

Soudain, venant du néant, une colère vociférante s'empara d'elle. Cette colère ne la quittera plus jamais. Plus jamais.

Prenant son courage à deux mains, elle sortit et se mit en quête de son petit frère. Il fallait qu'elle sache. Elle le chercha dans toute la maison prenant grand soin d'éviter de croiser qui que ce soit. Après une bonne demi-heure de recherche, elle le trouva caché derrière son lit en train de regarder la pluie ruisseler sur les carreaux de sa fenêtre.

« Amadeus… »

La colère et l'inquiétude la prenaient à la gorge, rendant difficile le fait de parler.

« Amadeus… Que se passe-t-il ? Dis-le-moi, je t'en prie… »

Le petit garçon la regarda avec ses grands yeux. Autrefois animés d'une telle ferveur, d'un tel enthousiasme, il semblait aujourd'hui qu'ils avaient perdu une partie de la joie de l'enfance pour laisser place à une tristesse sans âge. Sa joie de vivre avait survécu tant bien que mal au décès de leurs parents, à l'orphelinat, et aujourd'hui monsieur Sauvage avait réussi à la détruire en grande partie et l'avait remplacée par de la gravité et de l'incompréhension.

« Il m'aime très fort… Et j'ai tout ce dont j'ai besoin ici ». Il baissait les yeux et ne voulait pas affronter le regard de sa sœur. Mélodie le prit dans ses bras et le serra très fort. Aussi fort qu'elle le pouvait. Elle aurait aimé par cette étreinte pouvoir soulager son frère. Prendre sa peine, son incompréhension, faire disparaître ce qu'il avait subi. Mais elle ne pouvait pas et cela la mettait très en colère. Elle prit le visage de son frère et le regarda droit dans les yeux.

« Je trouverai une solution. Je te le promets ».

Ils continuèrent leur journée comme si de rien n'était. Mélodie fulminait et son esprit fonctionnait à toute vitesse, cherchant des solutions, une échappatoire.

Le soir, sans qu'ils se soient concertés, ils rejoignirent Mélodie qui les attendait déjà pour dormir tous les trois, serrés les uns contre les autres. Alors que son frère et sa sœur avaient enfin trouvé le sommeil, l'aînée, elle, ne ferma pas l'œil de la nuit. Son courroux s'abattrait sur cette maison maudite avec la force de l'orage de la veille, ça, elle en était certaine.

Les feuilles mortes

Tout continuait comme si rien ne s'était jamais passé. Mélodie souffrait de se sentir aussi impuissante. Mais depuis qu'elle avait interrompu la « leçon de piano », elle était encore plus ostracisée. Désormais, elle prenait le petit-déjeuner et le souper dans sa chambre. Madame Puma lui montait sa nourriture sans lui accorder ne serait-ce qu'un regard et en évitant soigneusement de lui parler.

Toutes les nuits, secrètement, son frère et sa sœur la rejoignaient dans son lit. Ils dormaient collés les uns aux autres comme pour se protéger. Mélodie dormait très peu. Elle pensait. Elle essayait de trouver une solution. La colère ne l'avait plus quittée, même les journées avec monsieur Komodo ne l'avaient pas adoucie. Ses dessins s'en étaient d'ailleurs retrouvés changés eux aussi. Ils étaient plus obscurs, avec des couleurs à la fois plus sombres et plus vives dans les tons rouges. Monsieur Komodo savait qu'il s'était passé quelque chose mais n'osait rien demander car une colère vibrante et presque tangible émanait de la petite. Ils restaient dans le silence presque toute la journée, échangeant à peine au sujet du temps, du chemin à prendre, ou encore pour se passer des pinceaux, du pain, du sel…

Un jour, alors qu'ils rentraient pendant que la nuit tombait, juste avant d'arriver dans le manoir, Mélodie s'arrêta brusquement et se retourna vers monsieur Komodo. Ses yeux brillaient d'une lueur folle et indomptable.

« Je ne vous le pardonnerai jamais ».

Elle prit le temps de le transpercer de son regard bleu glacé et tourna les talons pour entrer dans le manoir et monter directement dans sa chambre.

Monsieur Komodo n'avait pas imaginé que ces mots allaient le hanter jusqu'à la fin de ses jours. Mais sur le moment, il avait eu la sensation qu'on lui enfonçait une dague dans le cœur et avait su instantanément qu'il avait perdu Mélodie et sa confiance pour toujours.

En fait, depuis déjà plusieurs semaines, Mélodie demandait à emprunter un chemin différent chaque jour. Si monsieur Komodo pensait que c'était pour varier les paysages, il s'agissait plutôt d'une ruse permettant à la jeune fille de faire le plan de tous les chemins et endroits environnant le manoir.

Dans sa chambre, cachée entre le matelas et le sommier, se trouvait une carte qu'elle prenait soin de compléter tous les soirs.

Elle savait que sa présence au manoir dérangeait et que ses jours auprès de son frère et de sa sœur étaient comptés. Aussi s'était-elle mis en tête de trouver une solution pour s'enfuir en les emmenant avec elle afin qu'ils échappent à l'emprise de la bête sauvage qui résidait en ces lieux.

Après son bref entretien avec monsieur Komodo, elle demanda à madame Puma de déposer une requête auprès de monsieur Sauvage. Elle souhaitait désormais aller seule dessiner et passer la journée à l'extérieur du manoir et de son domaine. Monsieur Sauvage, certainement trop sûr de l'ascendant qu'il pouvait avoir sur elle, accepta sans problème. Sans doute voyait-il là une manière de l'évincer encore plus rapidement. Durant deux semaines, elle marcha sans relâche. Comme elle n'était plus avec monsieur Komodo, personne ne lui donnait à manger pour le repas de midi. Désormais, elle ne mangeait que le matin et le soir. Or le matin, elle n'avait droit qu'à un bol de lait et une seule et unique tartine et le soir un bol de soupe avec une tranche de pain. Elle avait faim, parfois la tête qui tournait, mais elle s'en moquait. Elle marchait avec plus de conviction encore.

Un soir, alors qu'elle rentrait, elle retrouva sa chambre sens dessus dessous. D'abord interloquée, elle comprit bien vite que son plan avait été découvert. Lorsqu'elle se retourna, monsieur Sauvage était à l'entrée de sa chambre, sa carte à la main.

« Que croyais-tu faire ? Me penses-tu si bête que ça ? »

Il avait l'air d'un prédateur prêt à bondir sur sa proie, tous ses crocs acérés dehors pour déchiqueter sa gorge.

« Range ta chambre, petite imbécile. Désormais, tu ne la quitteras plus ».

Il ferma la porte et Mélodie entendit la clef dans la serrure qui la condamnait à être enfermée dans cette prison dorée.

Amadeus regardait souvent les feuilles d'automne par la fenêtre. Leurs couleurs et la danse qu'elles faisaient quand elles tombaient étaient si belles. Le petit garçon se demandait parfois si la vie c'était ça. Tomber. Mélodie lui manquait. C'était elle qui les protégeait. Mais elle n'était plus jamais là avec eux. Il se demandait ce qu'il avait fait de mal. Un jour, il était allé parler à Mélodie derrière la porte de sa chambre. Monsieur Sauvage l'avait surpris. Il l'avait giflé si fort que l'hématome lui était resté pendant deux semaines. Il s'en voulait de l'avoir déçu, mais il lui en voulait aussi de le séparer ainsi de sa sœur. Son autre sœur, elle, semblait être absente d'elle-même.

Là physiquement, souriante et polie, on avait pourtant toujours l'impression qu'une partie d'elle-même l'avait quittée. À dire vrai, Amadeus se sentait seul.

Un jour, alors qu'il jouait dehors comme monsieur Sauvage l'y autorisait rarement, il découvrit dans les massifs qui entouraient la tour une petite ouverture ou seul un enfant pouvait passer. Il s'agissait sans doute d'une aération. Amadeus décida d'explorer ce rez-de-chaussée énigmatique. C'était une pièce qui ressemblait à une cave. On voyait que là où il y avait une entrée autrefois se trouvait désormais la cheminée du petit salon. À l'intérieur, il y avait plein de planches de bois et du mobilier ancien recouvert de toiles d'araignées. Sentant qu'il n'avait pas le droit d'être là, le petit garçon rebroussa vite chemin. À peine s'était-il extirpé de là qu'il entendit monsieur Sauvage qui l'appelait. Il se précipita à sa rencontre.

« Où es-tu allé jouer ? Tu es tout sale ! gronda le maître de maison. Je veux que tu rentres car je dois m'absenter pour le reste de l'après-midi. Madame Puma te donnera des vêtements propres et je veux que tu restes au calme dans ta chambre ».

« Bien monsieur », répondit le petit garçon.

Il entra dans le manoir et se précipita dans sa chambre. Une fois madame Puma passée pour le sermonner et vérifier qu'il se change bien, Amadeus attendit qu'elle soit affairée en cuisine et alla derrière la porte de la chambre de Mélodie.

« Mélodie c'est moi. Est-ce que tout va bien ? J'ai trouvé un passage pour aller sous la tour. Derrière les buissons, seuls des enfants peuvent y passer. C'est rempli de vieilles poutres et de vieilles tentures », chuchota le petit garçon.

« Amadeus va-t'en, lui répondit-elle, je ne veux pas que tu aies des ennuis ! »

« Mais… »

« Va-t'en ! »

Le petit garçon avait les larmes aux yeux. Cette solitude commençait à être trop pesante pour lui.

Et revoilà l'hiver

On frappa à la porte, ce qui n'était pas arrivé depuis très longtemps. Seule madame Puma venait au moins trois fois par jour pour amener à manger, de quoi se laver, récupérer les anciens plateaux, les vêtements sales, le pot de chambre… Mais elle ne frappait jamais. Elle ne lui parlait pas non plus d'ailleurs ni ne la regardait. Mais aujourd'hui, quelqu'un frappait. De sa voix un peu éraillée à force de ne pas parler, Mélodie demanda timidement :

« Qui est là ? »

« Monsieur Sauvage, répondit une voix forte, j'entre ».

Mélodie ne put s'empêcher d'avoir peur. Qu'allait-il faire encore ? L'envoyer très loin ? Lui faire du mal ?

Elle avait beau vouloir être forte, le seul son de sa voix la faisait trembler.

Il entra tout sourire et la regarda comme s'il avait de la compassion pour elle.

« Savez-vous quel jour nous sommes aujourd'hui ? » dit-il en se rapprochant petit à petit d'elle.

« Non, monsieur », répondit la jeune fille.

« Eh bien, c'est Noël ! s'exclama-t-il. Et quel genre de père serais-je si je vous laissais séparés vous et votre fratrie ? Aussi ai-je décidé de vous autoriser à vous joindre à nous pour ce réveillon. À condition bien sûr que vous vous teniez correctement ».

Mélodie ne put contenir ses sanglots. Elle avait tellement envie de les voir.

« Bien ma petite », dit monsieur Sauvage en s'approchant pour lui caresser la tête. J'espère que vous comprenez maintenant que je vous ai puni pour nôtre bien-être à tous. Aujourd'hui, laissons tout cela de côté et qui sait, si tout se déroule sans encombre, je verrai à vous confier à nouveau à la garde de monsieur Komodo ».

« Oui, monsieur, sanglota la jeune fille. Je me comporterai bien, je vous le promets ».

Madame Puma entra et posa quelque chose sur le lit puis ressortit aussitôt.

« Regarde ! Le maître de maison avait retrouvé son sourire féroce. Je t'ai fait préparer une jolie robe pour ce soir. Je veux que tu te laves, que tu te peignes et que tu la mettes ».

Il sortit de la pièce, cette fois-ci il ne ferma pas la porte à clef. Bien que l'envie de se précipiter dans le couloir pour rejoindre son frère et sa sœur eût été très forte, elle se retint car elle savait que c'était un test.

Elle prit le temps de faire ce qu'on lui avait demandé afin d'être impeccable. Elle ne voulait plus jamais être séparée de son frère et de sa sœur. La robe que monsieur Sauvage avait choisie pour elle était une robe rouge sombre près du corps, une robe de dame. Elle décida de laisser ses longs cheveux blonds ondulés le long de son dos et de ses épaules avec juste deux mèches de chaque côté des tempes, relevées par des barrettes pour souligner son visage.

Après ce qui lui sembla une éternité, madame Puma vint la chercher.

Toujours sans la regarder elle lui dit : « Tout le monde vous attend dans la salle à manger ».

Elle descendit les escaliers en se promettant de ne pas pleurer en voyant son frère et sa sœur. Ils étaient assis à table. Amadeus semblait refuser de croiser son regard. Il avait l'air fatigué et triste, ce qui gonfla le cœur de Mélodie de tristesse et de culpabilité. Il portait un petit smoking noir et blanc parfaitement à sa taille qui semblait peser sur lui comme un fardeau.

Harmonie la regardait mais semblait ne plus être là. Elle portait la même robe que Mélodie mais en violet sombre. Cette couleur donnait un éclat magnifique à ses yeux, même si ceux-ci semblaient vides. Voir sa sœur dans cet état rendait Mélodie folle de rage, mais elle chassa ce sentiment car elle avait promis de bien se comporter.

En la voyant entrer, monsieur Sauvage se mit à sourire avec une joie sincère. En cet instant, Mélodie comprit toute l'affection qu'elle aurait pu avoir pour cet homme. Celui qui se trouvait en face d'elle et qui semblait dénué de toute malveillance.

Il la fit s'asseoir à sa gauche en face d'Harmonie. Amadeus était aussi en face d'elle, à la droite d'Harmonie.

Mélodie essayait de capter son regard qu'il gardait obstinément baissé. Elle savait qu'il lui en voulait de l'avoir renvoyé quand il était venu lui parler. Elle aurait voulu le rassurer et lui donner toute la tendresse d'une sœur envers son petit frère mais elle savait aussi qu'il se serait fait rouer de coups s'il avait été surpris.

Le dîner se passa en grande partie dans le silence. Seul monsieur Sauvage parlait parfois, pour instruire ses enfants sur diverses choses.

Avant le dessert, monsieur Sauvage demanda à ce que tout le monde aille dans la salle de lecture afin qu'Harmonie puisse leur interpréter le morceau de piano qu'ils avaient préparé ensemble pour Noël.

Pendant la montée des escaliers, le cœur de Mélodie battait de plus en plus fort. Alors qu'Harmonie s'installait au piano comme un automate, monsieur Sauvage s'installa dans son fauteuil puis regarda Mélodie avec son sourire narquois et lui dit : « Viens t'asseoir sur mes genoux, il n'y a que deux fauteuils et comme ça tu seras bien installée ».

Elle s'exécuta. Alors qu'Harmonie interprétait maladroitement un prélude de Bach, Mélodie, elle, essayait de ne pas laisser transparaître sa crainte et son aversion pour le maître de maison. Attristée, elle constatait aussi que sa sœur ne savait plus très bien jouer.

Alors qu'ils redescendaient pour prendre le dessert et que monsieur Sauvage tenait Mélodie par la main, Amadeus lança, enfin, un regard discret et rapide à sa sœur. Elle attendit qu'il recommence et lui adressa un rapide sourire veillant à ce que personne ne les voit. Durant le dessert, ils n'arrêtèrent pas d'échanger de petits regards. Les grands yeux toujours au bord des larmes du petit frère fendaient le cœur de Mélodie, mais en même temps cette reconnexion, avec lui, lui faisait du bien.

La soirée s'était déroulée sans encombre. Monsieur Sauvage raccompagna les enfants jusqu'à leurs chambres puis entra dans celle de Mélodie, lui faisant signe de le suivre. Elle entra. La peur lui nouait l'estomac.

« Je suis ravi de voir que ton petit séjour dans ta chambre t'a aidée à comprendre comment tu dois te comporter. Je pense que désormais nous pourrons partir sur des bases plus saines qu'en penses-tu ? »

Mélodie se jeta dans ses bras « Merci, monsieur, de me laisser une chance malgré le comportement inacceptable que j'ai eu… » dit-elle en sanglotant.

« Eh bien, et bien… tout va bien, mon enfant. Tout ira pour le mieux maintenant ».

Monsieur Sauvage se délectait d'avoir ainsi gagné de l'emprise sur Mélodie, il était gonflé d'orgueil et jubilait tellement qu'il ne pouvait s'en cacher.

« Bien, je te souhaite une bonne nuit et demain nous irons nous promener ensemble si tu veux ».

« Oh oui je vous en prie… » continua à sangloter la jeune fille.

Il se dirigea vers la porte puis se retourna, s'approcha de Mélodie et l'embrassa sur la bouche. La petite ne bougea pas et quand il se redressa, elle se lova contre lui.

« Bien, murmura-t-il. À demain ».

Il sortit sans fermer la porte à clef. Mélodie mit son pyjama et se mit au lit.

Quelques heures plus tard, monsieur Sauvage passa devant sa chambre et entrouvrit la porte. La jeune fille dormait à poings fermés. Il alla se coucher, fier d'avoir su dresser un esprit rebelle comme celui de la deuxième jumelle.

Mélodie ne dormait pas du tout. Elle savait qu'il allait revenir vérifier. Après l'avoir entendu rentrer dans ses appartements, elle attendit encore une bonne heure, patiemment, puis elle se leva, s'habilla sans un bruit, prit un sac à dos et descendit dans les cuisines. Elle prit de l'eau et de quoi manger pour au moins trois jours. Dans un autre sac, elle avait mis des couvertures. Alors qu'elle s'apprêtait à sortir de la cuisine pour remonter, elle entendit du bruit derrière elle. En se retournant, elle aperçut monsieur Komodo, adossé à un mur. Il était là depuis le début. Elle le fixa avec son regard bleu transperçant. Plus rien n'arrêterait la petite. Monsieur Komodo se redressa et sortit dans le jardin.

Toujours très calmement, Mélodie monta les escaliers puis entra dans la chambre d'Amadeus. Le petit garçon était réveillé et tout habillé.

« Prends ce sac de couvertures sur ton dos ».

Ils se dirigèrent vers la chambre d'Harmonie. Ils la réveillèrent et l'habillèrent. Elle se laissa faire.

« Va dehors au bout de la propriété avec Harmonie et attendez-moi », dit Mélodie à son frère.

« Que vas-tu faire ? » demanda-t-il.

« Ce qui doit être fait », répondit-elle.

Mélodie s'empara de livres et de partitions. Elle prit aussi les robes et les costumes qu'ils avaient dû porter ce soir. Après avoir tout mis dans un baluchon fait de draps, elle alla bloquer la porte de monsieur Sauvage avec une chaise puis elle descendit et se dirigea vers l'âtre de la cheminée. Elle s'empara d'un morceau de petit bois auquel elle mit feu. Elle sortit ensuite et se dirigea vers la base de la tour. Elle fit passer les livres, les partitions, puis les vêtements et ensuite elle rampa à son tour dans la tour. C'était comme l'avait décrit son frère. Elle confectionna rapidement un petit bûcher, puis elle l'embrasa. Elle attendit un peu, puis quand l'air devint difficilement respirable, elle rampa hors de la tour. Elle resta là devant la tour à attendre patiemment. Elle voulait être sûre que le manoir brûle et que rien ne l'empêcherait. Elle était prête à donner sa vie pour ça. Pour qu'il brûle, pour que tout brûle. Les poutres de la tour ne tardèrent pas à s'enflammer, le bois étant très sec. Madame Puma, monsieur Komodo, le jardinier auquel personne ne prêtait attention, tous se précipitèrent, mais avant d'arriver au niveau du manoir, un cri presque inhumain se fit entendre. Le cri d'un homme qui brûle vif. Le cri d'un animal prédateur sûr de sa supériorité, devenu la proie.

Mélodie se retourna et fit face aux trois adultes qui arrivaient. Ils s'arrêtèrent dans leur course, frappés de stupéfaction face au regard de la jeune femme qui les fixait. Les flammes faisaient danser une lueur étrange et inquiétante dans ses yeux. Sur son visage, pas de triomphe, pas de jubilation, pas de plaisir cruel… Sur son visage, de la résolution et la dureté de la justice.

Elle se remit à marcher et passa entre eux. Elle rejoignit son frère et sa sœur. Amadeus lui prit la main et elle prit la main de sa sœur. Sur le visage d'Harmonie s'était dessiné un sourire. Comme de l'espoir.

Maintenant, il fallait marcher, maintenant il fallait aller ailleurs. Maintenant, il fallait reconstruire.

Épilogue

La fin de quelque chose est le début d'autre chose. La fin de notre histoire est le début d'une nouvelle histoire pour Mélodie, Harmonie et Amadeus.

Nous sommes tous, nous êtres humains vivants, qu'importe notre âge et notre passé, au début d'une nouvelle histoire en cet instant. Nous n'en avons pas conscience, bien souvent.

Nos trois enfants à nouveau orphelins, perdus dans la nature, voient le calvaire derrière eux, mais ont-ils conscience de l'inconnu qui les attend ?

Il y aura tant de choses à affronter, un passé qui les hante, un futur parfois dur, un présent pas vraiment évident.

Il y aura aussi de belles choses à découvrir, de celles qui redonnent espoir tant leur saveur subtile et délicate est délicieuse. Des choses complexes et parfois cachées, des bonheurs simples que l'on croyait hors de portée.

La fin. Le début. Un perpétuel mouvement, même au-delà de la mort, des disparus et de ceux qui subsistent.

Imprimé en France
Achevé d'imprimer en juin 2022
Dépôt légal : janvier 2022

Pour

Le Lys Bleu Éditions
40, rue du Louvre
75001 Paris